安水稔和詩集 地名抄

編集工房ノア

地名抄　目次

I　地名抄　1

田子　たっこ　68
蒲入　かまにゅう　70
葛城　かつらぎ　四篇
名柄　ながら　72
鴨高　かもだか　74
朝妻　あさづま　76
高天　たかてん　78
御柱　おんばしら　二篇
茅野　ちの　80
諏訪　すわ　82
外が浜　そとがはま　三篇
風合瀬　かそせ　84
轟木　とどろき　＊　86

IV　地名抄　4　東日本　神戸

カバー絵　津高和一
装幀　森本良成

I　地名抄　1

左右《そう》

左は磯
海鳥《うみどり》の声さわがしく。
目路のかぎり
沖つ白波　走る黒雲。
右は崖
駆けおりてくる突風。

粉雪まじり
雪中花のむせぶにおい。

縮む舌　乱れる息
震えるからだ　折れるこころ。
ことばになるまえのことば
崩れる意味　絶える息。

左右《そう》という村を過ぎて
海山《うみやま》の道たどって行くと。
行く手にあらわれる黒々とした
あれは。

上下

じょうげ

上下《じょうげ》で降りて山道をたどると山ぎわにひっそりと湯宿があらわれる。小暗い玄関に入り小暗い階段を上り戸障子取っ払った広々とした部屋にたどりつく。

広縁のむこうは苔むす庭。そのむこうは木々に覆われた崖。風絶えて苔の呟き蟬時雨。緑に染まる畳のうえ緑に染まったあなた。あなたの息が乱れて。

渡り廊下渡れば湯殿。木のにおい湯のおと揺れる日の影。湯舟に沈めば溢れる湯水。日のひかりのなか日のひかりに染まったあなた。あなたの息が乱れて乱れて。

夕餉が終わり夜がきて。庭も崖も苔も木々も部屋も闇に沈む。闇に浮かぶ舟。わずかの灯のした灯の色に染まったあなた。あなたのあげる声が耳もとに切なく。

前後

ぜんご

かまどに火
釜にたぎる湯。
湯が飛び散って
テーホヘ　トホヘ。
吐く息白く熱く
ターフレ　トホヘ。
踊り狂って鬼に会い

唄い狂って鬼になり。
組んずほぐれつ
鬼と鬼。

一夜明ければ霜立つ谷。抜ける冬空嘘のよう。下栗代《しもあわしろ》を立ち峯伝い川伝いに足助《あすけ》に出て。人がいて犬がいて火の見矢倉に五平餅。バスが来て飛び乗って前後《ぜんご》という町を過ぎる。

鬼よ
鬼よ
鬼はどこに。

なんとうしろから鬼
なんとまえからも鬼
鬼と鬼とにはさまれて。
やはりわたしは
わたしも
やはり。

橋場　はしば

行き行きて
野山。
行く手に川流れ
橋あらわれて。

橋桁数え数え
渡り切ると。

橋詰めに群れ集う人々
今は亡き人の立ちまじり。

会えてよかった
どうしてた。
行き交う影と影
飛び交う声と声。

橋を離れ
川をあとに。
行き行きてなお
野山。

小野《おの》

目のまえに
女あらわれる
芍薬《しゃくやく》の花かざして。
日の影あふれ
鳥の声遠く遠く。

目のまえで
女ふと消える
影かたちおぼろ。
花の色香
わずかにわずかに。

及位　のぞき

足冷える
旅のはて。
そろそろ
界《さかい》か。

轟《とどろ》めく乱声《らんじょう》
乱吹《ふぶ》く吹雪。

すでに
界か。

界を
越えれば。
そこが
おくに。

——それにしてもよくまあ　ここまでやって
これましたねえ。このやまをくだればお
くにです　はい。

——ほう　あれがおくにか。あれまでおりて

いけるのか　どうやっておりていこうか。

夕闇迫る
雪の崖の上。
座りこんで
さて。

立ちあがって
根雪踏みしめ。
一気に
山をくだる。

砂原

さはら

砂が動いて
潤《ま》を埋めつくし。
行けど行けども
遠く海光る。
芒《すすき》野《の》に分け入り
砂の丘を登る。

足もとに漂流物あまた
風にあおられて飛ぶ鳥一羽。

この白い砂のうえを
歩いていった人よ。
あのうねる波のはてに
消えた人よ。

放心百年
海山《うみやま》にひびく声。
わたしはなにをしてきたか
わたしたちはなにをしているのか。

有珠《うす》

有珠の入江に立つ
水面《みなも》ものうく揺れて。
善光寺を訪ねる
桜並木の蟬時雨。

有珠の山に登る
山肌から煙しきりに。

火の口に瘴気漂う
一瞬の立ち暗み。

気がつけば
足もとから風。
風に吹かれて
なつかしい人の気配が。

＊有珠＝ウス、ウシ。入江、湾の意。
＊善光寺＝蝦夷三官寺の一つ。

白老《しらおい》

一筋に続く
海ぞいの道たどり。
たどりついた青い湖
緑の谷あいの白い森。
樺《かには》の木の細い葉が
いっせいにひるがえる。

ひらひらひらと
招くがごとく。

草むらにかがみこむ
家の影濃く。
ほそぼそと口琴《ムクンリ》がきこえる
たえだえに五弦琴《トンコリ》がひびく。

樺《かには》の木の枝先が
ひとしきりしなる。
きしきしきしと
拒むがごとく。

一筋に続く
山ぎわの道たどり。
さらに追う
幻の人の影。

＊白老＝シラウオイ、虻《あぶ》の多いところ。またはシララオイ、湖のあるところ。

天川
てんかわ

樹下走る
枝から枝へ跳ぶ。
鳥の声絶え
日が落ちて。

木のにおい草のにおい苔のにおい花のにおい
土のにおい水のにおい水苔のにがいにおい。

火のにおい燃えるにおい風のにおい
わずかに灰のにおい。

草をむしる
石塊《いしくれ》を投げる。
そっと声を出してみる
一瞬の放心。

今は黄昏《たそがれ》
やがて闇。
ものたちの死の気配が
わたしたちの気配が。

洞川《どろがわ》

水浸《びた》し
浮く枕。
夢のなか
川の音。

赤蛙青蛙雨蛙
山蛙土蛙川蛙水蛙。

ゴロゴロゴロと
ゴロゴロ水。

閃光一閃
雷雨来。
夢のなか
夢裂ける。

揺れやまぬ吊り橋に
影ひとつ。
あれは誰
あれは。

前鬼《ぜんき》

結界を越え
奥駈道《おくがけみち》を行く。
熊笹の葉ざわざわと
樹間に燃える日の影。

霧濃く
谷深く。

落ちる大滝の
白い幻影。

シャクナゲ原を越え
ブナ原生林を抜け。
遠くオオカミの遠吠え
光る眼　跳ぶ体。

立ち枯れる
モミ林の透き影。
前鬼やいづこ
後鬼やいづこ。

太古の辻を過ぎ
涸れた谷道下り。
前鬼に至る
眼の先にあの人が。

＊前鬼（地名）＝奈良県吉野郡下北山村前鬼。大峰山などに霊場を開いた修験道の開祖役行者《えんのぎょうじゃ》の従者前鬼後鬼が住み着いた地という。

＊奥駈道＝吉野（奈良県）と熊野（和歌山県）を結ぶ修験者の修行道。山上ケ岳から下北山村前鬼に至る道は難所が多い。

間人《たいざ》

群れ集い睦み合う蟹よ
遠い見知らぬ親しい人よ。
潮が流れる　どこへ
舟が寄せ来る　どこから。

波のむこうからやって来て
路を辿って行き。

路を辿って戻って来て
波の果てに去る。

人よ　人よ
人のかなしさ。
時の通い路
日は中天に。

肘折《ひじおり》

木の板打ちつけられて
雪の壁に囲まれて。
座ったまま　そのまま
出るに出られず　そのまま。

膝もとから木がのび
屋根板突き破ってのび。

夕暮れの雪空に
枝葉広げて揺れて。

見上げれば
ひらひらと。
ひらひらひらと
花が降る。

水原　すいばら

たどりつく
水の原。
白い鳥あまた
立ちつくすわたしたち。

やがて鳥たちは立つであろう
白い雲のはてに。

やがてわたしたちもまた
白い波のむこうへ。

いまは待つ
風の声を待つ。
この水の原で
じっと。

Ⅱ　地名抄　2

迷が平

まよがたい

湖を離れて
尾根伝い。
谷におり
川をくだる。

川を離れると
草の原。

日が落ちかける
風が変わる。

歩くにつれて
動く気配。
立ちどまると
去る気配。

ざわざわと
なんだろう。
地を伝ってくる声に
囲まれる。

横川《よこごう》

雪踏みしめて
峠下れば。
眼前に恐羅漢山《おそらかんざん》
雪をまとって。

村は
雪の下。

家々は
人の気配なく。

時計止まり
カレンダー色あせて。
長い留守のよう
凍りついた時間。

風おこり
雪煙あがり。
すべてを包みこみ
すべて持ち去る。

泊

とまり

辿りついた村で
白湯一杯。
海見えず
外は雨。
薪《たきぎ》に花
人影絶えて。

日脚動き
雪になり。

白い道の辺で
あの人を見送る。
さらば
さらんば。

そして岩の岬越え
わたしは戻る。
立ちあがる波頭
飛び去る千切れ雲。

十日町《とおかまち》

停車
下車。
時間待ち
激しく雪降る。

うすぐらい湿った待合室から
外を窺うと。

雪の広場
暗い雁木。
小走りの女
幼子の泣く声。

雪小やみ
あかるんできて。
ほどなく乗車
すぐ発車。

*雁木＝がんぎ。町家の軒から庇《ひさし》を張り出し、その下を通路としたもの。雁木造り、雁木通り。青森ではコミセ、新潟ではガンモ、ガゲなどと言う。

津南《つなん》

雪に埋もれた駅で降りて
雪に埋もれた煙草屋に立ち寄る。
座布団に座って
座布団になったおばあさんと話す。

これから谷の奥へ入ると言うと
なんもないよぉ　雪ばっか。

四月というに
背丈より高く積ってるよぉ。

気ぃつけてなぁという声を背に
向かいの雑貨屋で長靴買って。
まぶしい雪道
歩き出す。

フキノトウ
カタクリの花を見に。
カモシカ
クマに出合いに。

森宮野原　もりみやのはら

日ざしあたたかく
快晴。
線路の脇で
黄の花を摘む。

建物の陰の雪は
まだらに黒く融け。
遠山の残雪は
まぶしく連らなる。

構内に
高々と標柱。
積雪七・八五M
背丈の四倍もの雪が降り積ったと。

雪の重み
雪のにおい。
日ざしやさしく
快晴。

＊標柱＝「積雪七・八五M　昭和二十年二月十二日記録　日本最高積雪地点　JR飯山線森宮野原駅」。

休屋

やすみや

雪の原を抜け
雪の谷に分け入る。
凍《こお》る木々
凍った滝。

湖岸
打ち寄せる波。

夜中
風声。

暁
無風。
しずまる水面
凍らぬ湖。

林のはずれに
ナナカマド。
赤い実
鮮やか。

田子

たっこ

山あいの
人気《ひとけ》のない小さな町の。
バス停裏の
暗い狭い公衆便所の。

汚れたワンカップに
押し込まれた吸い殻。
錆色の
固まり。

蒲入《かまにゅう》

目の下に
ひとにぎりの集落。
海
騒ぐ。

目の先に
岩の柱。

頂きに
畑か。

人の気配なく
渡る術なく。
岩を巻いて飛ぶ
鳥の影。

葛城　四篇

春楊《やなぎ》葛城山にたつ雪の立ちても坐《い》ても妹をしそ思ふ　柿本人麻呂歌集

名柄　ながら

杉の木立で
ひとこと。
こころあずけて
ひとこと。

神魂《かもす》
神座《かみます》。
葛城の山に響く
ひとこと。

＊一言主神社。

鴨高

かもだか

風かおる
山の辺に。
ニリンソウの群落
花首揺れる。

鎮もる屋代
歩み出れば。
日影まぶしく
谷開く。

*高鴨神社。

朝妻　あさづま

足踏み入れる
まばゆい
暁《あかつき》。

かたわらにふと

白い
虆《ししむら》。

閉じる目に
にじむ
紅《くれない》。

高天《たかてん》

月
中天。
降りそそぐ
ひかりの粒。

あわあわと
流れ溢れて。

おぼろおぼろ
霧のごと。
峯を覆い
谷を埋め。
やがて
闇。

御柱《おんばしら》　二篇

茅野　ちの　諏訪大社上社前宮

山出し　里曳き
木遣りとともに。
遠山から
御柱《おんばしら》がやってくる。

木落ち
急坂逆落とし。
大歓声土煙
御柱が落ちる　人がこぼれる。

川越え
雨後の川渡り。
濁流水しぶき
御柱が渡る　人が流れる。

諏訪

すわ　諏訪大社上社本宮

御柱《おんばしら》立つ
高々と屋代の四隅に。
一本二本三本
四本。

御柱の乾くひびき
ひそやかにたえず。

鎮もる屋代
静まる森。

立ちあがる山々
ざわめく湖。
うなずきあって
またの春に。

＊山々＝八ケ岳。湖＝諏訪湖。
＊またの春＝諏訪大社四社は、上社の本宮と前宮、下社の秋宮と春宮。七年目ごとに寅《とら》年と申《さる》年を式年とする。

外が浜　三篇

風合瀬　かそせ

ここは
風と
風とが
出合うところ。

暖流と寒流が
ぶつかるところ。
北と南が
抱き合うところ。

晴れとおもえば雨
窓を叩く雨の音が。
とたんに晴れ
明かるい日ざしが。

轟木　とどろき

＊

海と山のあいだに
ひっそりと駅が。
ひかる浜に
舟小屋がぽつんと。

ひかる海のむこうから
蹄のひびきが。

ひかる波
蹴散らし蹴散らし。

時の隙き間
こころの襞《ひだ》。
傾むく海坂《うなさか》
伸びる日の脚。

黐木　＊＊

ひしめき
とどろく木。
あるのかも
すぐそばに。

あったのだ
とどろく木。
いつも
わがむねに。

Ⅲ 地名抄 3

知床 小海

知床　九篇

標津　しべつ

岬の付け根を
風が吹き抜ける。
道を磨いて
海に落ちる。

トドマツの列
波に立ち枯れ。
オオハクチョウの群
波を飛び立ち。

姿形
影幻。
あらわれて
消えて。

＊シベツ＝大きな川。大川の本流。サケのいるところ。

忠類　ちゅうるい

牧草地を
象が行く。
大きな足跡落として
まっしぐらに。

ハマナスの群落踏みしだき
浜の砂蹴散らし。

流氷の海に入り
氷を割って泳ぐ象よ。

一声高くほえて
どこへ行く。
波のむこうの
草の島めざして。

＊ちゅうるい＝チュルイ、急流の意。
＊忠類にはナウマン象記念館がある。日本ではじめてほぼ完全な骨格が一九六九年発掘された。
＊島＝国後島。キナシリは草の島の意。

羅臼　らうす　＊

眠りが揺れる
家が揺れる。
部屋が朱色
ガラス戸が燃える。

暁
船音が響く。
島影遠く淡く
雲流れる。

*ラウシ=低いところ。獣骨のあるところ。

羅臼　＊＊

浜の岩に
海猫《ゴメ》が群れ集う。

立ち並ぶ杭から

大鴉が飛び立つ。
波しずか
風わずか。

羅臼　＊＊＊

岬の手前
崖下に洞穴あり。
覗けば奥に
ひかりが。

よみがえる
記憶の片々。
かすかに漂う
人肉のにおい。

知床　しれとこ　＊

地の端に
たどりつけば。
波ばかり
風ばかり。

朽縄の
切れ端。

海獣の
息づかい。

地の端を
まわりこむと。
波ばかり
風ばかり。

＊シリトク＝土地の端。岬。

知床　＊＊

鯱《シャチ》が
群れ跳ぶ。
レプンカムイ
沖の神。

潮吹き上げて
鳴き交わす。
波打つ海
泡立つ岬。

カムイワッカ

地の裂け目から
海に落ちる。
神の
水。

大地から噴き出て
海と空をつなぐ。

いのちの
水。

虹が立つ
オジロワシ舞う。
揺れる体
震える心。

宇登呂　うとろ

崖にそい
水の導くままに。
着岸上陸
揺れる足もと。

物音
土のにおい。

人の気配
犬の声。

山影深く
歩き出せば。
日影まぶしく
わが影濃く。

小海　こうみ　七篇

小諸　こもろ

木陰に草笛吹く僧あり。
巧みに時花歌《はやりうた》など奏でる。
終わって木陰の奥に引き下がり
頭を手拭いで包み石垣の下に座する。

快晴
雲わく夏の昼下り。
千曲川鈍く光り
浅間山遠くかすむ。

*草笛＝「小諸なる古城のほとり」「歌哀し佐久の草笛」（島崎藤村「千曲川旅情歌」）

海尻《うみじり》

山あいの小道の脇を
音高く水が流れる。
蜻蛉
群飛。

蜻蛉が水に止まる
止まって流れる。

捕えては放すわたし
捕えようとしては逃げられるあなた。

日がかげり
蜻蛉いつしか去り。
水音ばかり
耳の底に。

海ノ口　うみのくち

山ぎわの宿に入る
客はわたしたちだけ。
旧館二階の襖取り払った八畳二間
なんだか怖いとあなた。

このたびの旅は
二階ばかり。

赤倉でも万座でも
信濃追分油屋でも。

夜中
雨しきり。
窓下に光るものあまた
やはり怖いとあなた。

地名

山あいに
海があらわれる。
海瀬　海尻
海ノ口　小海。

水にちなんだ地名
次々と。

滑津　青沼
広瀬　川上。

樋沢　親沢
野沢　入沢　小淵沢。
大泉があって小泉があって
馬流もある。

野辺山　のべやま　*

草原　雑木林　むきだしの丘
ところどころに開墾地。
寒々と
雨しきりに。

赤茶けた鉄橋を
ゆっくりと渡る。

えぐれた河原　煙る川筋
流水見えず。

荒地　森　草原
雨激し。
夏八月
山見えず。

＊一九六〇年八月十日。

野辺山　**

春五月
雨あがる。
日ざしあたたか
ヤマナシの木を探す。

広大なレタス畑のはずれにヤマナシの木は立っていた。枝をひろげ葉をひからせて立っていた。枝先に桃色がかった白い花満開。すこし離れてもう一本。枝を覆う青味を帯びた白い花満開。さらにむこうにずっとむこうにもう一本ヤマナシの木。遠目にも古木。白々と白い花まばらに。

風が来て枝が揺れ
花が散る。
あちらの木からこちらの木から
はらはらと白い花が散る。

＊二〇一六年五月十日。

清里　きよさと

木が揺れる
葉がざわめく。
雫散る
緑の嵐。

息がはずむ
目が冴える。
ここだよ
ここで。

Ⅳ

地名抄 4

東日本　神戸

東日本　六篇

2011年3月11日、東日本大震災。

閖上《ゆりあげ》

見渡せば
地に阿比《あび》の群れ。
ゆらり揺れ
やまず。

見上げれば
天に星屑。
なくなった人の目
いなくなった人の目。

魂《こん》は天に
魄《はく》はいまも地に。
ゆらり立ち
帰れ。

浪江

なみえ

かえれない
かえらない。
帰還困難
いつまで。

すめない
すまない。

居住制限
いつになれば。

でも
だから。
かならず
わたしたちは。

鹿折《ししおり》

濃霧来る。
海をおおい
島々をかくし
港を町を埋めつくす。

濃霧去る。
くすぶる幻
取り残される現。
あったいのちよ
あるいのちよ。

陸前高田　りくぜんたかた

歩いても
歩いても。
目のかぎり
松の原だった。

目を閉じれば
きこえる。
松籟
わたしたちの足音。

淋代　さびしろ

海が立ち上がり
霧が浜を包み。
冷気きびし
波音さびし。

さびし
さびし野。
さびし
さびしろ。

細浦　ほそうら

海につづく山の道で
海石榴《つばき》の花の赤。
山胡桃《やまくるみ》の実の鈴なり
風に乗りわずかに届くざわめき。

崖下の海ぎわの岩棚に
海猫《ゴメ》あまたひしめき。
飛沫に濡れて鳴きかわす
ねうねうと　ねうねうねうと。

神戸　こうべ　三篇

三宮　さんのみや

どっと
流れてきて。
あっというまに
埋めつくして。

土砂あまた
巨岩ごろり。
家屋ばらばら
巨木ごろごろ。

泥のなかから
拾いあげる。
泥のつまった
白い小さい長靴。

＊1938年7月5日、阪神大水害。

須磨《すま》

火が飛ぶ
火がつながる。
黒煙
油脂のにおい。

この世ならぬ
この世。

人が燃える
肉が焦げる。

闇のなか
前が見えない。
空の下へ向かって走る
空がまだあるのなら。

*1945年6月5日、神戸大空襲。

長田　ながた

瓦礫の道を
人々が歩く。
西へ東へ
足どり重く。
暗闇の道を
人々が歩く。

東へ西へ
押し黙って。

風が熱い
焼けただれた街を歩く。
昨日から今日へ
明日から今日へ。

＊1995年1月17日、阪神・淡路大震災。

V　オホーツクたどり

チモシイの穂がこんなにみじかくなって
かはるがはるかぜにふかれてゐる
宮沢賢治「オホーツク挽歌」

オシンコシン

崖の上の一軒宿
裸電球。
夜中雷鳴豪雨
やがて小雨。

早朝
滝の飛沫に濡れて。

滑る坂を下る
せりあがる海。

バスが来て
飛び乗って。
海ぞいに
ひたすら北へ。

斜里《しゃり》

駅前広場の水たまりで幼い男の子が泣いている。背の高い女の子がしゃがみこんで男の子の顔をのぞきこんで話している。やがて泣きやむ男の子。立ちあがった女の子は男の子に笑いかけて手をつないで歩き出す。かたわら

を急ぐ人々。まもなく発車時間。人の気配が
消えて。

波立つ海の風が。
うぶうぶしい葦がそよぐ。

＊シャリ、シャルイ＝葦の生えているところ。

網走《あばしり》

赤く染まる湖の
赤い水を蹴り。
オオハクチョウの群が
飛び立つ。

握りしめる手と手
抱きしめる肩。

目を見開いて
見詰めあい。

声あげて
走り出す。
遠のく空
ひろがる水。

*チパシリ＝幣場《ぬさば》のある島。われらが発見した土地。
*湖＝能取湖、アツケシソウの群生地、初秋に赤く染まる。濤沸湖、オオハクチョウの飛来地。

留辺蘂　るべしべ

かすかに
水銀の臭い。
立ちのぼる白煙
硫黄の臭い。

エゾムラサキツツジの
大群落。
曇るガラス
したたる水滴《しずく》。

＊ルペシュペリ＝峠道の沢、越える道。
＊トムイカ鉱山は水銀生産量日本一だった。１９７３年閉山。

遠軽

えんがる

インカルよ
いつも見ている者よ。
顔をあげ
じっとこちらを見ている者よ。

動かない巨岩よ
見上げるわたしたち。
黒い巨大な顔よ
動けないわたしたち。

＊インカル＝インカルシ（いつも物見している者）に由来。
＊巨岩＝瞰望岩《がんぼう》、ＪＲ遠軽駅裏の岩山の巨大な岩。

興部

おこっぺ

停車中の電車を降りて改札口を出て構内の売店で土地の新聞を買ってホームに戻ると電車がいない。あわてて線路の先を見るとはるかむこうに線路のはずれに止まっている。なんでなんでわたしを置いて行ってしまうのかそれはないだろう。戻れ戻れ戻ってこいと呼びかけるとなんと戻ってきた。戻ってきてなにごともなかったように目の前にぴたりと止まった。なにごともなかったように乗りこんでうすい新聞片手に荷物の置いてある座席にゆっくり歩いていって座る。どっと冷汗が背中を流れる。電車が動き出す。

*オウコッペ＝川尻が交わるところ。

雄武《おむ》

*

駅前で
タイコ焼きを買ってたべる。
突き当って左へ曲り
町のはずれまで歩く。

家と家のあいだの狭い路地
その先に見える砂浜。

かぎられた視野
なつかしい構図。

ふと　影が
すぐ消える。
どこかで
そう　どこででも。

＊オムイ＝川尻のふさがるところ。

雄武

＊＊

オム
オムイ。
鸚鵡貝
鸚鵡石。

ことば貝
ひびき石。

オムよ
オムイよ。

風裂布《ふうれっぷ》

うちつづくすなはま
ゆれるはまなしの花。
はまなしゆれて
ゆれてさけるあかい花。

うちつづくすなはま
ゆれるはまなしの棘《とげ》。
葉にかくれ

かくれてゆれるかたい棘《とげ》。
うちつづくすなはま
ゆれるはまなしの実。
じゅくしておちて
おちてころがるあかい実。

うちつづくすなはま
ゆれつづけるはまなしの影。
風にさらされ
風にさらわれ。

＊はまなし＝浜梨、浜茄子。バラ科の落葉小低木。

北見枝幸《きたみえさし》

ナナカマドの木が立っている
駅前の広場を吹き抜ける風に揺れている。

うす暗い待合室は人で溢れている。老人がさっきから窓口で顔をまっ赤にして大声でなじっている。なぜ声をからして罵っているのかわからないが心底怒っているのがわかる。

人々が動き出す。改札口から出て行く。なにごともなかったように人々は乗りこみゆっくりと電車は出て行く。がらんとした待合室に男がひとり取り残される。男の怒りが残る。

ナナカマドの木が揺れている
無人の広場を風が吹き抜ける。

＊エサウシ＝岬、またはコンブの意。

地名

＊

右に海
電車が走る。
止別　湧別　紋別
諸滑　沙留。

右は海
バスが走る。

乙忠別　徳志別
幌内　音標。

右に海
右は海。
続く川
続く浜
雨あがる。

＊やむべつ＝ヤマイモの育つ川。ゆうべつ＝湯の川。もんべつ＝静かな川。しょこつ＝続く浜。さるる＝続く川。
＊おっちょうべつ＝川尻が横になった川。とくしべつ＝小さな川。ほろない＝大きな川。おとしべ＝不詳。

地名　＊＊

右に海
左は山。
山が海に迫り
うすぐもり。

ウスベタイ岬
目梨泊岬。

神威岬
斜内。

川渡り
岬づたい。
山が遠のき
日影かたむく。

＊内＝川の意。

地名　＊＊＊

立ちあがる波
走る雲。
海の色が変わる
空の色が変わる。

豊寒別
浜鬼志別。
知来別

猿払。

海山のあわい
走りつづける。
風が変わる
気配が変わる。

＊さるふつ＝葦原の河口。
＊別＝川の意。
＊「北海道には幌内とか振内とか内のつく地名がむやみに多い」「道内のアイヌ語地名の四分の一に近い」「次に多いのが別だ。登別とか幌別とか」「ともに『川』の意」「まあ一般には、しかるべき川がペッで、ごく小さな川がナイだと考えられているようだ。」「知里真志保博士は晩年に、ナイもペッも、もともとはただ『川』という意味だと書いて研究者を驚かせた。そういうほかなさそうである。」（山田秀三『アイヌ語地名を歩く』北海道新聞社一九八六年刊）

声問

こえとい

海に向かって
声あげる。
たちまち
返る声。

飛ぶ鳥よ
跳ねる魚よ。

落ちる鳥よ
沈む魚よ。

薄日さす
茜雲。
波
しぶき。

豊牛《とようし》

夕暮の草原に無人駅
ぽつんと。
山が日に染まり
草の波も林も川も日に染まり。

窓も座席の背も
天井まで日に染まり。
わたしの腕も額も
あなたの頬も髪の毛も日に染まり。

浜頓別

はまとんべつ

陸橋を渡り
次の列車を待つ。
日が落ちる
足もとが暗い。

風がつめたい
足ぶみなど。
身ぶるいして
さて　これから。

＊とんべつ＝沼から出る川。

音威子府

おといねっぷ

うすぐらい車内灯
単調なレールの音。
窓の外は闇
濁った水の流れる気配。

ドアの近くに
男が座っている。

わたしたちだけと思っていたら
ぼんやりと影のよう。

どうやら
旅もおわり。
ずっといっしょだったのだ
あの人は。

*おといねっぷ＝濁った川。

豊富　とよとみ

エベコロベツ
食べ物の豊富にある川。
サロベツ
葭原にある川。

草の原ひろがり
花の野つづき。
人影なく
舟朽ちる。

稚内

わっかない

辿って辿って
辿りつく。
ヤムワッカナイ
冷たい水の川。

暗い道辿って
港近くの宿に入る。

波音ひびき
潮のにおい。

明日は
晴。
レプンシリ
海なかに漂う沖の島へ。

香深《かぶか》

丘に
のぼれば。
いちめんの花の群
風に揺れ。

レブンアツモリソウ
レブンキンバイソウ。

レブンウスユキソウ
レブンソウ。

丘を
くだれば。
いちめんの草の原
風になびき。

Ⅵ　外が浜づたい

くさの葉にあさおくつゆのみち芝を
ふみて千里のはまや行まし

菅江真澄「楚堵《そと》賀《が》浜風《はまかぜ》」

合浦

がっぽ

赤石あたり
磯づたい。
木蓮寺崎
まわり。

木欒樹の林
抜け。
木蓮子坂
くだり。

*モクゲンジ、モクレンジ＝ムクロジ科の落葉高木。夏、黄色の小花をつけ、秋、球形の種子を結ぶ。

大間越

おおまごえ

仙崎に
鴛鴦《えんおう》石。
関屋を過ぎて
大間越。

川波しずか
津梅川渡り。
いまだ日高く
磯辺の宿につく。

黒崎

くろさき

この浜に
高く足場を組み。
はねつるべにて
寄せる波汲みあげ。

筧《かけい》に流し
貝釜に落とし入れ。
この浜に
塩焼く。

＊貝釜＝「貝をねりてかまどとなしあら汐を其まゝ煎りけると」（菅江真澄「楚堵賀浜風」本文）

的神《まとがみ》

朝立ち
路芝踏みしめ。
露ひかる野路行き
山路辿れば。

薄《すすき》　高萱
生いまじり。
あかがちの実の
紅鮮やか。

＊路芝、道芝＝イネ科の多年草。道端に生える芝草。ハナビガヤ、チカラシバ、カゼクサとも。
＊薄、芒＝イネ科の多年草。土手や荒地などに大群落を作る。
＊高萱＝たけの高いカヤ。むらがり生える草の総称。
＊あかがち＝あかかがちの略。赤ホオズキの古名。

森山《もりやま》

海なかに
岩の立ち並ぶ。
岩にあまたの穴
蜂の巣のごとく。

波打ち入り
ごぼごぼごぼと。
神鳴《かみなり》のごと
おそろし。

浜中

はまなか

ひねもす
浜づたい。
ひねもす
浜香の花に囲まれ。

ひねもす
浜香の花踏みしだき。
ひねもす
浜香の花の香に染まり。

＊浜香＝ハマゴウ、蔓荊。クマツヅラ科の落葉低木。海辺の砂地に群生、幹は砂上に横走、芳香あり。ハマホウ、ハマボウ、はまつばきとも。

中山《なかやま》

峠にかかり
はるばると見渡せば。
波間に遠く
小笠のような。

あれは岬か
遠い島影か。
それともあれは
蜃楼《たかどの》か。

*蜃楼=蜃気楼《しんきろう》、貝楼、貝櫓、海市、蓬莱島、たかどの、きつねのさくとも。

深浦《ふかうら》

をのがつま恋つつよぶかゝ浦づたいちどりしば鳴声聞ゆ也　菅江真澄

浦の潤《ま》に
千鳥群れ浮く。

浦の空を

千鳥鳴き飛ぶ。
海坂《うなさか》に
千鳥消え行く。

広戸

ひろと

岩つづき
浜つづき。
草原《くさはら》つづき
黄の花の咲き乱れ。

波のはて
色深く。
海坂《うなさか》を
白い帆が行く。

追良瀬

おいらせ

清水をたどり
山中にわけいれば。
岩の間に
堂あり。

堂内に
仏像。
三十三体
その数見る人により異なるとや。

轟木《とどろき》

子どもら
しきりに声あげて。
磯辺に咲く
オグルマの花手折り。

オグルマの花かかげて
磯辺を走り。
寄せくる波に
しきりに投げる。

*オグルマ＝小車、旋覆花。キク科多年草。夏、菊に似た鮮黄色の花をつける。ノグルマ、カマツボグサとも。

関

せき

＊

風合瀬《かそうせ》
晴山
雨もよう。

田の沢

小浜
降りだして。
関村あたり
雨風激しく
雨つつみ通すばかり。

*雨つつみ＝雨着、雨具。蓑《みの》、合羽、笠など。

関 **

沖の船
帆をおろし
柱ばかり。
飛ぶがごとく
行く。

髻《もとどり》 切り捨て
髪打ち乱し
掌《たなごころ》 あわせ。
磯辺近く
さまよい歩く男あり。

*髷額《まげがく》が深浦の春光山円覚寺にある。荒天難船のとき船乗りたちが髷を切りさんばら髪になって無事を願い、生還したときはその髷を奉納した。

牛嶋《うしじま》

*

赤石の川の
水かさの増し。
川岸の苫屋形に
宿願う。
夜もすがら
風の吹き荒れ。

やがて和《なご》み
ようやくに夜の明ければ。

この湊《みなと》
かしこの浦。
船沈み
人あまた死にたりと。

牛嶋 **

田の稲穂
白く伏し。
畑つもの
残りなく倒れ。

男ら口々に嘆き
女ら泣き悲しみ。
あさましや
こは　あさましやと。

＊「をとゝしのけかち（飢渇）にやまさらん、あがくには、いかなるさきの世のおかしありてや、かゝるうきめを見るならんと、声どよむまで、みななきぬ。」（菅江真澄「楚堵賀浜風」本文）

鯵が沢

あじがさわ

＊

赤石の川を渡り
鯵が沢の湊に着く。
長柄の鎌熊手持つ人
小舟乗り出し
磯に寄りつく破船の荷を拾う。

こよい
ここに宿とる。
夜ふけて
砧《きぬた》打つ音
話し声たえず。

鯵が沢　＊＊

晴れて
やまじ吹く。
風邪心地
宿にとどまる。

遠く
岩木の山。
雲まとい
すくと。

＊やまじ＝「やまじとは、ここに北風をいへり。山背といへるところあり。まぜともいへるところありき」（菅江真澄「異本・秋田のかりね」本文）。「東北では夏期冷たい雨をともなって何日も続くことがあり、そういう年は冷害をもたらすことが多い」（同「あきたのかりね」註）。局地的強風で、頭痛風、凶作風、餓死風とも。

鯵が沢　＊＊＊

翌朝
出立。
軒高き家の二階に
ゲンボ二人。

手すりにもたれ
戯れ唄うたう。
小声
切れ切れに。

＊ゲンボ＝あそびくぐつ、遊女、安女郎。

床前《とこまえ》

浮田過ぎ
卯の木過ぎ。
床前の小道
分け行けば。

草むらに
白い骨あまた。

雪の消え残るごと
乱れ散る。

あなめ
あなめ。
あな
あなめ。

積み重さなる髑髏《どくろ》の
目穴より生い出る。
尾花　女郎花《おみなえし》
揺れ。

あなめ
あなめ。
あな
あなめ。

＊あなめ＝小野小町の髑髏の目から薄《すすき》が生えて「あなめあなめ」と言ったとある（「江戸次第」）。あな、目痛しの意。
＊「見るこゝちもなく、あなめ〳〵とひとりごちたるを、しりなる人の聞て、見たまへや、こはみな、うへ死たるものゝかばね也。過つる卯のとし（天明三年）の冬より辰の春までは、雪の中にたふれ死たるも、いまだ息かよふるも数しらず、いやかさなりふして路をふたぎ、行かふものは、ふみこへ〳〵て通ひしかど、あやまちては、夜みち夕ぐれに死むくろの骨をふみ折、くちたゞれたる腹などに足ふみ入たり。きたなきにほひ、おもひやりたまえや。」「此としも、過つるころのしほ風にしぶかれて、なりはひよからず。又もけかちの入りこんと、ない（泣）つゝかたりて、ことみちに去ぬ。」（菅江真澄「楚堵賀浜風」本文）

鶴田

つるた

亀田過ぎ
鶴田のあたり。
さるけを
馬に積みゆく。

岩木山
雄鹿が角を振り立てるよう。
雲上に
姿あらわす。

＊さるけ＝さる毛、谷地綿《やちわた》とも言う。「芦荻などが泥中に堆積して炭化したもので、イロリでの燃料としてつかわれた」（菅江真澄「楚堵賀浜風」註）

朶《えだ》

大相過ぎ
小幡あたり。
道の辺に芒生い茂り
虫の声しきりに。

朶《えだ》から
松の木へ。
日暮れて野路を辿り
行く行く月も出て。

藤崎《ふじさき》

夜ふけて
冷え込みきびしく。
古里のことども
しきりと思われ。

藤崎の里に至り
宿る家なく。
古寺を訪ねて
一夜の宿を乞う。

＊古里＝「三河（国）渥美郡牟呂村字公文（愛知県豊橋市）に生まれたと推測される」（東洋文庫『菅江真澄遊覧記1』「菅江真澄年表」）。

*

あとがき

あってなく
なくはなく
そこにあった
あったことはない
そこにある

「地名＊＊＊」全行（詩集『久遠』所収）

地名とは。
過去の痕跡、記憶の堆積。現在の意識、いのちの発語。未来の標識、予感の音叉《おんさ》。
地名とは。

光と風と雨と雲と波。雷《いかづち》と火と水と土と岩。
鳥と魚と犬と樹と人。
地名とは。
人に包まれる、あるいは人を包むもの。人の
内にひそむ、ときに溢れるもの。
地名とは。

抄とは。「かき写すこと。また、ぬき書きす
ること」「難語をぬき出して注釈すること。
また、その注釈書」(「広辞苑」)。

本書『地名抄』は二十四冊目の単行詩集である。昨年詩集『甦る』を上梓してから一年余、書き続けて一〇〇篇。集めて一本とした。
ちなみに、地名をタイトルにした既刊詩集は九冊。『能登《のと》』『佐渡《さど》』、『西馬音内《にしもない》』『異国間《いこくま》』、『秋山抄《あきやましょう》』、『椿崎《つばきざき》や見なんとて』『蟹場《がにば》まで』、『久遠《くどう》』『有珠《うす》』。既刊詩集で地名を題

にした詩は三〇〇篇余。
　本詩集にあらわれる地は、出かけたところ、滞在したところ、あるいは通り過ぎただけのところはもちろんのこと、出かけたことも通り過ぎたこともない未知の地もある。そのいずれもが今確かにまざまざと思いえがける地である。まこと〈そこにある〉なつかしい地である。

第一部「地名抄1」の前半十二篇は「歴程」に発表したもの。
「左右」「上下」「前後」（601・602合併号　二〇一七年五月）
「橋場」「小野」「乃位」（603号　二〇一七年八月）
「砂原」「有珠」「白老」（604・605合併号　二〇一八年七月）
「天川」「洞川」「前鬼」（未刊）
第一部「地名抄1」の後半の三篇と第四部「地名抄4」のうちの三篇は「詩人会議」に発表したもの。
「閑上」「水原」（2017年8月号）
「鹿折」「細浦」（2018年1月号）

「肘折」「間人」（2018年8月号）

他はすべて書き下ろし・未発表。

第六部「外が浜づたい二十三篇」は菅江真澄追跡同行《どうぎょう》詩群、真澄の旅日記「外が浜風」前半を辿る。

巻末に「著作目録」を添えた。「初出一覧」は「あとがき」で記したのではぶいた。

カバーは故・津高和一さんの絵。第十三詩集『震える木』（一九九四年）以降本書を加えて十二冊の詩集が津高さんだ。阪神・淡路大震災でのあなたの無念の死から二十四年が経ちました。津高さん、ありがとうございます。

編集工房ノアから上梓した本が詩集『記憶めくり』（一九八八年）以降、詩集・ラジオのための作品集・舞台のための作品集・評論集・詩文集など本書で三十三冊になる。三十一年三十三冊。社主涸沢純平さんに御礼申し上げます。

最後にそっと。長年支えてくれている妻玲子に感謝。

前詩集『甦る』の「あとがき」を私は次のように結んでいる。「このところ体力のおとろえを感じつつも、やはり唱える。今しばらくはと。今は旅のなか、今も旅のなかと」。

この一年余、地名詩篇一〇〇篇書き続けて思いは変わらない。今しばらくは生きたい、今しばらくは書き続けたいと。〈今も旅のなか〉と唱えつつ。

安水稔和

二〇一八年九月

安水稔和　やすみず・としかず　著作目録

＊　詩集

第一詩集　存在のための歌　一九五五年　くろおぺす社
第二詩集　愛について　一九五六年　人文書院
第三詩集　鳥　一九五八年　くろおぺす社
第四詩集　能登　第一回半どんの会芸術賞文化賞　一九六二年　蜘蛛出版社
第五詩集　花祭　一九六四年　蜘蛛出版社
第六詩集　やってくる者　一九六六年　蜘蛛出版社
第七詩集　佐渡　一九七一年　蜘蛛出版社
第八詩集　歌のように　一九七一年　蜘蛛出版社
第九詩集　西馬音内《にしもない》　一九七七年　蜘蛛出版社
第十詩集　異国間《いこくんま》　一九七九年　蜘蛛出版社
第十一詩集　記憶めくり　第十四回地球賞　一九八八年　編集工房ノア
第十二詩集　風を結ぶ　一九九三年　編集工房ノア
第十三詩集　震える木　一九九四年　編集工房ノア
第十四詩集　秋山抄《あきやましょう》　第六回丸山薫記念現代詩賞　一九九六年　編集工房ノア
第十五詩集　生きているということ　第四十回晩翠賞　一九九九年　編集工房ノア

第十六詩集　椿崎や見なんとて　第十六回詩歌文学館賞　二〇〇〇年　編集工房ノア
第十七詩集　ことばの日々　二〇〇二年　編集工房ノア
第十八詩集　蟹場まで《がにばまで》　第四十三回藤村記念歴程賞　二〇〇四年　編集工房ノア
第十九詩集　久遠《くどう》　二〇〇八年　編集工房ノア
第二十詩集　ひかりの抱擁　二〇一〇年　編集工房ノア
第二十一詩集　記憶の目印　二〇一三年　編集工房ノア
第二十二詩集　有珠《うす》　二〇一四年　編集工房ノア
第二十三詩集　甦る《よみがえる》　二〇一七年　編集工房ノア
第二十四詩集　地名抄　二〇一八年　編集工房ノア

＊

選詩集　安水稔和詩集（現代詩文庫）　一九六九年　思潮社
全詩集　安水稔和全詩集　一九九九年　沖積舎
自選詩集　安水稔和詩集　二〇〇〇年　沖積舎
遠い声　若い歌　『安水稔和全詩集』以前の未刊詩集　二〇〇九年　沖積舎
選詩集　春よ　めぐれ（文庫判）　二〇一五年　編集工房ノア
全詩集　安水稔和詩集成（上下）　二〇一五年　沖積舎

＊　ラジオのための作品集

木と水への記憶　一九九四年　編集工房ノア

ニッポニアニッポン　一九九五年　編集工房ノア
君たちの知らないむかし広島は　一九九五年　編集工房ノア
島　一九九七年　編集工房ノア
鳥の領土　二〇一三年　編集工房ノア

＊舞台のための作品集
紫式部なんか怖くない　二〇一二年　編集工房ノア

＊
旅行記　幻視の旅　旅に行け／旅に行くな（文研新書）　一九七三年　文研出版
評論集　歌の行方―菅江真澄追跡　一九七七年　国書刊行会
評論集　鳥になれ　鳥よ　一九八一年　花曜社
エッセイ　きみも旅をしてみませんか（吉野ろまん新書）　一九八二年　吉野教育出版
エッセイ　おまえの道を進めばいい　播磨の文人たちの物語　一九九一年　神戸新聞総合出版センター
詩文集　神戸　これから―激震地の詩人の一年　一九九六年　神戸新聞総合出版センター
詩文集　焼野の草びら―神戸　今も　一九九八年　編集工房ノア
詩文集　届く言葉―神戸　これはわたしたちみんなのこと　二〇〇〇年　編集工房ノア
評論集　新編　歌の行方―菅江真澄追跡　二〇〇一年　編集工房ノア
評論集　眼前の人―菅江真澄接近　二〇〇二年　編集工房ノア
評論集　おもひつづきたり―菅江真澄説き語り　二〇〇三年　編集工房ノア

評論集　竹中郁　詩人さんの声　二〇〇四年　編集工房ノア
評論集　小野十三郎　歌とは逆に歌　二〇〇五年　編集工房ノア
詩文集　十年歌―神戸　これから　二〇〇五年　編集工房ノア
評論集　内海信之　花と反戦の詩人　二〇〇七年　編集工房ノア
評論集　未来の記憶―菅江真澄同行　二〇〇九年　編集工房ノア
旅行記　新編　幻視の旅　二〇一〇年　沖積舎
評論集　杉山平一　青をめざして　二〇一〇年　編集工房ノア
旅行記　菅江真澄と旅する―東北遊覧記行（平凡社新書）　二〇一一年　平凡社
評論集　ぼくの詩の周辺―初期散文集　二〇一三年　沖積舎
自叙伝　生あるかぎり言葉を集め―神戸、この街で　二〇一三年　神戸新聞総合出版センター
随想集　声をあげよう　言葉を出そう　神戸新聞読者文芸選者随想　二〇一五年　神戸新聞総合出版センター
詩文集　隣の隣は隣―神戸　わが街　二〇一六年　編集工房ノア
随想集　神戸　わが町―ここがロドスだ　ここで踊ろう　二〇一六年　神戸新聞総合出版センター
評論集　一行の詩のためには―未刊散文集　二〇一六年　沖積舎

＊

選詩集　一〇〇年の詩集　兵庫神戸詩人の歩み（共編）　一九六七年　日東館
選詩集　小野十三郎（現代教養文庫）（編著）　一九七二年　社会思想社
選詩集　神戸の詩人たち　戦後詩集成（共編）　一九八四年　神戸新聞出版センター

選詩集　兵庫の詩人たち　明治大正昭和詩集成（共編）　一九八五年　神戸新聞出版センター
選詩集　竹中郁詩集（現代詩文庫）（編解説）　一九九四年　思潮社
選詩集　安西均詩集（芸林21世紀文庫）（編解説）　二〇〇三年　芸林書房
全詩集　竹中郁詩集成（共編）　二〇〇四年　沖積舎

地名抄《ちめいしょう》
二〇一八年十一月十五日発行
著　者　安水《やすみず》稔和《としかず》
発行者　涸沢純平
発行所　株式会社編集工房ノア
〒五三一―〇〇七一
大阪市北区中津三―一七―五
電話〇六（六三七三）三六四一
FAX〇六（六三七三）三六四二
振替〇〇九四〇―七―三〇六四五七
組版　株式会社四国写研
印刷製本　亜細亜印刷株式会社

ISBN978-4-89271-302-6